五年八月四日答任叔永书

（代序一）

　　……古人说，"工欲善其事，必先利其器。"文字者，文学之器也。我私心以为文言决不足为吾国将来文学之利器。施耐庵曹雪芹诸人已实地证明作小说之利器在于白话，今尚需人实地试验白话是否可为韵文之利器耳。……我自信颇能用白话作散文，但尚未能用之于韵文；私心颇欲以数年之力，实地练习之。倘数年之后，竟能用文言白话作文作诗，无不随心所欲，岂非一大快事？我此时练习白话韵文，颇似新辟一文学殖民地。可惜须单身匹马而往，不能多得同志结伴同行。然吾去志已决。公等假我数年之期。倘此新国尽是沙碛不毛之地，则我或终归老于"文言诗国"亦未可知；倘幸而有成，则辟除荆棘之后，当开放门户，迎公等同来莅止耳！
"狂言人道臣当烹。我自不吐定不快，人言未足为重轻。"
足下定笑我狂耳。……

尝试篇

（代序二）

"尝试成功自古无"，故翁这话未必是。我今为下一转语：自古成功在尝试！

莫想小试便成功，那有这样容易事！有时试到千百回。始知前功尽抛弃。即使如此已无愧，即此失败便足记。告入此路不通行，可使脚力莫浪费。

我生求师二十年，今得"尝试"两个字。作诗做事要如此，虽未能到颇有志。作"尝试歌"颂吾师，愿大家都来尝试！

五，九，三〇。

四版自序

　　《尝试集》是民国九年三月出版的。当那新旧文学争论最激烈的时候，当那初次试作新诗的时候，我对于我自己的诗，选择自然不很严；大家对于我的诗，判断自然也不很严。我自己对于社会，只要求他们许我尝试的自由。社会对于我，也很大度的承认我的诗是一种开风气的尝试。这点大度的承认遂使我的《尝试集》在两年之中销售到一万部。这是我很感谢的。

　　现在新诗的讨论时期，渐渐的过去了。——现在还有人引了阿狄生，强生，格雷，辜勒律己的话来攻击新诗的运动，但这种"诗云子曰"的逻辑，便是反对论破产的铁证，——新诗的作者也渐渐的加多了。有几位少年诗人的创作，大胆的解放，充满着新鲜的意味，使我

嘗試集

胡適 著

若還與他相見時，
道個真傳示，
不是不修書，
不是無才思，
繞清江買不得天樣紙！

貫酸齋的清江引
寫給
冬秀
漢思

適

外文出版社
FOREIGN LANGUAGES PRESS

图书在版编目（CIP）数据

尝试集：简体版 / 胡适著. -- 北京：外文出版社，2013
ISBN 978-7-119-08428-2

Ⅰ.①尝… Ⅱ.①胡… Ⅲ.①诗集－中国－现代
Ⅳ.①I226

中国版本图书馆 CIP 数据核字（2013）第 177462 号

出版策划：金哈达文化
责任编辑：杨春燕　金新芳
内文设计：刘敬伟
装帧设计：周　飞
印刷监制：冯　浩

尝试集

胡适　著

© 2013 外文出版社有限责任公司
出版发行：外文出版社有限责任公司
出 版 人：徐　步
总 编 辑：徐　步
地　　址：中国北京西城区百万庄大街24号　　邮政编码 100037
网　　址：http://www.flp.com.cn　　**电子信箱：**flp@cipg.org.cn
电　　话：（010）68320579（总编室）　（010）52100403（发行部）
　　　　　　（010）68327750（版权部）　（010）68996190（编辑部）
印　　制：三河市鑫利来印装有限公司
开　　本：889mm×1194mm　1/32　　字数：20千字
印　　张：4.75
版　　次：2013年8月第1版　　2013年8月第1版第1次印刷
书　　号：ISBN 978-7-119-08428-2
定　　价：39.80元

一头高兴，一头又很惭愧。我现在回头看我这五年来的诗，很像一个缠过脚后来放大了的妇人回头看他一年一年的放脚鞋样，虽然一年放大一年，年年的鞋样上总还带着缠脚时代的血腥气。我现在看这些少年诗人的新诗，也很像那缠过脚的妇人，眼里看着一班天足的女孩子们跳上跳下，心里好不妒羡！

但是缠过脚的妇人永远不能恢复他的天然脚了。我现在把我这五六年的放脚鞋样，重新挑选了一遍，删去了许多太不成样子的或可以害人的。内中虽然还有许多小脚鞋样，但他们的保存也许可以使人知道缠脚的人放脚的痛苦，也许还有一点历史的用处，所以我也不必讳了。

删诗的事，起于民国九年的年底。当时我自己删了一遍，把删剩的本子，送给任叔永，陈莎菲，请他们再删一遍。后来又送给"鲁迅"先生删一遍。那时周作人先生病在医院里，他也替我删一遍。后来俞平伯来北京，我又请他删一遍。他们删过之后，我自己又仔细看了好几遍，又删去了几首，同时却也保留了一两首他们主张删去的。例如《江上》，"鲁迅"与平伯都主张删，我因为当时的印象太深了，舍不得删去。又如《礼》一首（初版再版皆无，)"鲁迅"主张删去，我因为这诗虽是发议论，却不是抽象的发议论，所以把他保留了。有时候，我们也有很不同的见解。例如《看花》一首，康白情写信来，说此诗很好，平伯也说他可存；但我对于此诗，始终不满意，故再版时，删去了两句，三版时竟全删了。

再版时添的六首诗，此次被我删去了三首，又被"鲁迅"，叔永，莎菲删去了一首。此次添《尝试集》十五首，《去国集》一首。共计：

《尝试集》第一编，删了八首，又《尝试篇》提出代序，共存十四首。

《尝试集》第二编，删了十六首，又《许怡荪》与《一笑》移入第三编，共存十七首。《尝试集》第三编，旧存的两首，新添的十五首，共十七首。

《去国集》，删去了八首，添入一首，共存十五首。

共存诗词六十四首。

有些诗略有删改的。如《尝试篇》删去了四句，《鸽子》改了四个字，《你莫忘记》添了三个"了"字，《一笑》改了两处；《例外》前在《新青年》上发表时有四章，现在删去了一章。这种地方，虽然微细的很，但也有很可研究之点。例如《一笑》第二章原文：

那个人不知后来怎样了。

蒋百里先生有一天对我说，这样排列，便不好读，不如改作：

那个人后来不知怎样了。

我依他改了，果然远胜原文。又如《你莫忘记》第九行原文是：

噯哟，……火就要烧到这里。

康白情从三万里外来信，替我加上了一个"了"字，方才合白话的文法。做白话的人，若不讲究这种似微细而实重要的地方，便不配做白话，更不配做白话诗。

《尝试集》初版有钱玄同先生的序和我的序。这两篇序都有了一两万份流传在外；现在为减轻书价起见，我把他们都删去了。(我的《自序》现收入《胡适文存》里。)

我借这个四版的机会，谢谢那一班帮我删诗的朋友。至于我在再版自序里说的那种"戏台里喝采"的坏脾气，我近来也很想矫正他，所以我恭恭敬敬的引东南大学教授胡先骕先生"评"《尝试集》的话来作结。胡先骕教授说：

胡君之《尝试集》，死文学也。以其必死必朽也。不以其用活文字之故，而遂得不死不朽也。物之将死，必精神失其常度，言动出于常轨。胡君辈之诗之卤莽灭裂趋于极端，正其必死之征耳。

这几句话，我初读了觉得很像是骂我的话；但这几句话是登在一种自矢"平心而言，不事谩骂，以培俗"的杂志上的，大概不会是骂罢？无论如何，我自己正在愁我的解放不彻底，胡先骕教授却说我"卤莽灭裂趋于极端"，这句话实在未免过誉了。至于"必死必朽"的一层，倒也不在我的心上。况且胡先骕教授又说，

陀司妥夫士忌、戈尔忌之小说，死文学也。不以其轰动一时遂得不死不朽也。

胡先骕教授居然狠大度的请陀司妥夫士忌来陪我同死同朽，这更是过誉了，我更不敢当了。

十一，三，十。胡适。

目录
contents

第一编

· 1 ·

第二编

第三编

附录去国集

第一编

蝴　蝶

两个黄蝴蝶，双双飞上天。

不知为什么，一个忽飞远。

剩下那一个，孤单怪可怜。

也无心上天，天上太孤单。

五年八月二十三日

赠朱经农

经农自美京来访余于纽约，畅谈极欢。三日之留，
忽忽遂尽。别后终日不乐，作此寄之。

六年你我不相见，见时在赫贞江边；
握手一笑不须说：你我于今更少年。
回头你我年老时，粉条黑板作讲师；
更有暮气大可笑，喜作丧气颓唐诗。
那时我更不长进，往往喝酒不顾命；
有时尽日醉不醒，明朝醒来害酒病。
一日大醉几乎死，醒来忽然怪自己：
父母生我该有用，似此真不成事体。
从此不敢大糊涂，六年海外颇读书。
幸能勉强不喝酒，未可全断淡巴菰。

年来意气更奇横，不消使酒称狂生。

头发偶有一茎白，年纪反觉十岁轻。

旧事兰天说不全，且喜皇帝不姓袁，

更喜你我都少年，"辟克匪克"注来江边，

赫贞江水平可怜，树下石上好作筵，

黄油面包颇新鲜，家乡茶叶不费钱，

吃饱喝胀活神仙，唱个"蝴蝶儿上天"！

注解：

西人携食物出游即于野外聚食之，谓之"辟克匪克"（Picnic）。
五年八月三十一日。

中秋

九月十一夜，为旧历八月十五夜。

小星躲尽大星少，果然今夜清光多！
夜半月从江上过，一江江水变银河。

江上

十月一日大雾，迫思夏间一景，因成此诗。

雨脚渡江来，山头冲雾出。

雨过雾亦收，江楼看落日。

黄克强先生哀辞

当年曾见将军之家书，
字迹娟逸似大苏。
书中之言竟何如？
"一欧爱儿，努力杀贼："——
八个大字，读之使人慷慨奋发而爱国。
呜乎将军，何可多得！

五年十一月九日。

十二月五夜月

明月照我床，卧看不肯睡。

窗上青藤影，随风舞娟娟。

我爱明月光，更不想什么。

月可使人愁，定不能愁我。

月冷寒江静，心头百念消。

欲眠君照我，无梦到明朝！

沁园春·二十五岁生日自寿

　　五年十二月十七日，是我二十五岁的生日。独坐江楼，回想这几年思想的变迁，又念不久即当归去，困作此词，并非自寿，只可算是种自誓。

　　弃我去者，二十五年，不可重来。

　　看江明雪霁，吾当寿我，且须高咏，不用衔杯。

　　种种从前，都成今我，莫更思量更莫哀。

　　从今后，要那么收果，先那么栽。

　　忽然异想天开，似天上诸仙采药回。

　　有丹能却老，鞭能缩地，芝能点石，触处金堆。

　　我笑诸仙，诸仙笑我。

　　敬谢诸仙我不才，葫芦里，也有些微物，试与君猜。

病中得冬秀书

一

病中得他书，不满八行纸，

全无要紧话，颇使我欢喜。

二

我不认得他，他不认得我，

我总常念他，这是为什么？

岂不因我们，分定长相亲，

由分生情意，所以非路人？

海外"土生子"，生不识故里，

终有故乡情，其理亦如此。

三

岂不爱自由？此意无人晓：

情愿不自由，也是自由了。

六年一月十六日。

"赫贞旦"答叔永

叔永昨以五言长诗寄我，有"已见赫贞夕，未见赫贞旦。何当侵晨去，起君从枕畔"之句。作此报之。

"赫贞旦"如何，听我告诉你。

昨日我起时，东方日初起，

返照到天西，彩霞美无比。

赫贞平似镜，红云满江底。

江西山低小，倒影入江紫。

朝霞渐散了，剩有青天好。

江中水更蓝，要与天争姣。

休说海鸥闲，水冻捉鱼难，

日日寒江上，飞去又飞还。

何如我闲散，开窗面江岸，

清茶胜似酒，面包充早饭。

老任倘能来，和你分一半。

更可同作诗，重咏"赫贞旦"。

六年二月十九日。

生查子

前度月来时，仔细思量过。

今度月重来，独自临江坐。

风打没遮楼，月照无眠我。

从来没见他，梦也如何做？

　　　　　　　六年三月六日。

景不徙篇

《墨经》云，"景不徙，说在改为。"说曰，"景。光至景亡。若在，尽古息。"《庄子·天下篇》云，"飞鸟之影未尝动也。"此言影已改为而后影已非前影。前影虽不可见而实未尝动移也。

飞鸟过江来，投影在江水。

鸟逝水长流，此影何尝徙？

风过镜平湖，湖面生轻绉。

湖更镜平时，毕竟难如旧。

为他起一念，十年终不改。

有召即重来，若亡而实在。

六年三月六日。

朋友篇·寄怡荪，经农
（将归诗之一）

粗饭还可饱，破衣不算丑。

人生无好友，如身无足手。

吾生所交游，益我皆最厚。

少年恨污俗，反与污俗偶。

自视六尺躯，不值一杯酒。

倘非朋友力，吾醉死已久。

从此谢诸友，立身重抖擞。

去国今七年，此意未敢负。

新交遍天下，难细数谁某。

所最敬爱者，也有七八九。

学理互分剖，过失赖弹纠。

清夜每自思，此身非吾有：

一半属父母，一半属朋友。

便即此一念，足鞭策吾后。

今当重归来，为国效奔走。

可怜程郑张，少年骨已朽。

作歌谢吾友，泉下人知否？

六年六月一日。

文学篇
（将归诗之二）

吾将归国，叔永作诗蹭别。有"君归何人劝我诗"
之句。因念吾数年来之文学的兴趣，多出于吾友之助。
若无叔永，杏佛，定无《去国集》。若无叔永，觐庄，
定无《尝试集》。感此作诗别叔永，杏佛，觐庄。

我初来此邦，所志在耕种。
文章真小枝，救国不中用。
带来千卷书，一一尽分送。
种菜与种树，往往来入梦。

匆匆复几时，忽大笑吾痴，
救国千万事，何事不当为？

而吾性所适，仅有一二宜。

逆天而拂性，所得终希微。

从此改所业，讲学复议政。

故国方新造，纷争久未定。

学以济时艰，要与时相应。

文章盛世事，今日何消问？

明年任与杨，远道来就我。

山城风雪夜，枯坐殊未可。

烹茶更赋诗，有倡还须和。

诗炉久灰冷，从此生新火。

前年任与梅，联盟成劲敌。

与我论文学，经岁犹未歇。

吾敌虽未降，吾志乃更央。

暂不与君辩，且著《尝试集》。

回首四年来，积诗可百首。

做诗的兴味，大半靠朋友：

佳句共欣赏，论难见忠厚。

如今远别去，此乐难再有。

暂别不须悲，诸君会当归。

请与诸君期：明年荷花时，

春申江之湄，有酒盈清卮，

无客不能诗，同作归来辞！

六年六月一日。

百字令

六年七月三夜，太平洋舟中，见月，有怀。

几天风雾，险些儿把月圆时孤负。

待得他来，又还被如许浮云遮住！

多谢天风，吹开明月，万顷银波怒！

孤舟载月，海天冲浪西去！

念我多少故人，如今都在明月飞来处。

别后相思如此月，绕遍地球无数！

几颗疏星，长天空阔，有湿衣凉露。

低头自语："吾乡真在何许？"

第二编

鸽子

云淡天高，好片晚秋天气！

有群鸽子，在空中游戏。

看他们三三两两，

回环来往，

夷犹如意，——

忽地里，翻身映日，白羽衬青天，

十分鲜丽！

老鸦

一

我大清早起，

站在人家屋角上哑哑的啼。

人家讨嫌我，说我不吉利：——

我不能呢呢喃喃讨人家的欢喜！

二

天寒风紧，无枝可栖。

我整日里飞去飞回，整日里又寒又饥。——

我不能带着鞘儿，翁翁央央的替人家飞；

也不能叫人家系在竹竿头，赚一把黄小米！

三溪路上大雪里一个红叶

雪色满空山，抬头忽见你！

我不知何故，心里狠欢喜；

踏雪摘下来，夹在小书里；

还想做首诗，写我欢喜的道理。

不料此理狠难写，抽出笔来还搁起。

六年十二月二十二日。

新婚杂诗（五首存一首）

十三年没见面的相思，于今完结。

把桩桩伤心旧事，从头细说。

你莫说你对不住我，

我也不说我对不住你，——

且牢牢记取这十二月三十夜的中天明月！

老洛伯（译诗）

Auld Robin Gray

序

著者为苏格兰女诗人 Anne Lmdsay 夫人（1750—1825）。夫人少年时即以文学学见称于哀丁堡。初嫁 Andrew Barnard，夫死，再嫁 James Bland Burges。当代文人如 Burke 及 Sheridan 皆与为友。Scott 尤敬礼之。

此诗为夫人二十一岁时所作，匿名刊行。诗出之后，风行全国，终莫知著者为谁也。后五十二年，Scott 于所著小说中偶言及之，而夫人已老，后二年，死矣。

此诗向推为世界情诗之最哀者。全篇作村妇口气，语语率真，此当日之白话诗也。

一

羊儿在栏，牛儿在家，

静悄悄地黑夜，

我的好人儿早在我身边睡了，

我的心头冤苦，都迸作泪如雨下。

二

我的吉梅他爱我，要我嫁他。

他那时只有一块银圆，别无什么；

他为了我渡海去做活，

要把银子变成金，好回来娶我。

三

他去了没半月，便跌坏了我的爹爹，病倒了我的妈妈；

剩了头牛，又被人偷去了。

我的吉梅他只是不回家！

那时老洛伯便来缠着我，要我嫁他。

四

我爹爹不能做活，我妈他又不能纺纱，

我日夜里忙着，如何养得活这一家？

多亏得老洛伯时常帮衬我爹妈，

他说，"锦妮，你看他两口儿分上，嫁了我罢。"

五

我那时回绝了他，我只望吉梅回来讨我。

又谁知海里起了大风波，——

人都说我的吉梅他翻船死了！

只抛下我这苦命的人儿一个！

六

我爹爹再三劝我嫁；

我妈不说话，他只眼睁睁地望着我，

望得我心里好不难过！

我的心儿早已在那大海里，

我只得由他们嫁了我的身子！

七

我嫁了还没多少日子，

那天正孤孤凄凄地坐在大门里，

抬头忽看见吉梅的鬼！——

却原来真是他，他说，"锦妮，我如今回来讨你。"

八

我两人哭着说了许多言语，

我让他亲了个嘴，便打发他走路。

我恨不得立刻死了，——只是如何死得下去！

天呵！我如何这般命苦！

九

我如今坐也坐不下，那有心肠纺纱？

我又不敢想着他：

想着他须是一桩罪过。

我只得努力做一个好老婆，

我家老洛伯他并不曾待差了我。

七年三月一夜译。

原文

Auld Robin Gray

when the sheep are in the fauld, when the cows come
hame,

An a' the world to rest are gane,

The woes o' my heart fa' in showers frae my ee,

Whiled by my gudeman lies sound by me.

Young Jamie lo'ed me weel, and sought me for his
bride;

But saving a croun ,he had naething else beside.

To make the crown a pound, young Jamie gaed to sea;

And the crown and the pound were baith for me.

he hadna been awa's a week but only twa,

My father brak his arm ,and the cow was stown awa;

My mother she fell sick,and my Jamie at the sea—

And auld Robin Gray came a—courtin' me.

My father couldna work, and my mother couldna spin;

I toil'd day and night,but their bread I conldna win;

Auld Rob maintain'd them baith ,and wi'tears in his e'e,

Said, Jennie , for their sakes,O, marry me!

My heart it said nay; and I look'd for Jamie back;

But the wind it blew high, and the ship it was a wreek;

His ship it was a wreek—why didna Jenny dee?

Or why do I live to cry,Wae's me?

My father urgit sair:my mother didna speak;

But she look'd in my face till my heart was like to break;

They gi'ed him my hand,but my heart was at the sea:

Sae auld Robin Gray,he was gudeman to me.

I hadna been a wife a week but only four,

when mournfu' as I sat on the stane at the door,

I saw my Jamie's wraith,for I couldna think it he

Till he said,I'm come hame to marry thee.

O sair, sair did we greet,and muckle did we say ;

We took but ae kiss,and I bad him gang away;

I wish that I were dead,but I'm no like to dee;

And why was I born to say,Wae's me?

I gang like a ghaist, and I carena to spin;

I daurna think on Jamie ,for that wad be a sin;

But I'll do my best a gude wife aye to be,

For auld Robin Gray, he is kind unto me.

Lady Anne Linsay

你莫忘记

（参看《太平洋》第十期"劫余生"通信）

你莫忘记：

这是我们国家的大兵，

逼死了三姨，逼死了阿馨，

逼死了你妻子，枪毙了高升！……

你莫忘记：

是谁砍掉了你的手指，

是谁把你老子打成了这个样子！

是谁烧了这一村，……

嗳哟！……火就要烧到这里了，——

你跑罢！莫要同我一齐死！……

回来！……

你莫忘记：

你老子临死时只指望快快亡国：

亡给"哥萨克"，亡给"普鲁士"，——

都可以，——

总该不至——如此！……

七年六月二十八日初稿。

七年八月二十三夜改稿。

十一年三月十夜改稿。

如梦令

（去年八月作如梦夸两首：）

一

他把门儿深掩，不肯出来相见。

难道不关情？怕是因情生怨。

休怨！休怨！他日凭君发遣。

二

几次曾看小像，几次传书来往，

见见又何妨！休做女孩儿相。

凝想，凝想，想是这般模样！

今年八月与冬秀在京寓夜话，忽忆一年前旧事，遂和前词，成此阕。

天上风吹云破，月照我们两个。

问你去年时，为甚闭门深躲？

"谁躲？谁躲？那是去年的我！"

十二月一日奔丧到家

往日归来，才望见竹竿尖，才望见吾村，

便心头乱跳，遥知前面，老亲望我，含泪相迎。

"来了？好呀！"——更无别话，说尽心头欢喜悲

酸无限情。

偷回首，揩干泪眼，招呼茶饭，款待归人。

今朝，——

依旧竹竿尖，依旧溪桥，——

只少了我的心头狂跳！——

何消说一世的深恩未报，

何消说十年来的家庭梦想，都——云散烟销！——

只今日到家时，更何处能寻他那一声"好呀，来了！"

关不住了！（译诗）

我说"我把心收起，

像人家把门关了，

叫'爱情'生生的饿死，

也许不再和我为难了。"

但是五月的湿风，

时时从屋顶上吹来；

还有那街心的琴调，

一阵阵的飞来。

屋里都是太阳光，

这时候"爱情"有点醉了，

他说，"我是关不住的，

我要把你的心打碎了！"

八年二月二十五日译美国新诗人

第二编

原文

Over the Roofs。

I said, "I have shut my heart,

As one shuts an open door,

That Love may starve therein

And trouble me no more."

But over the roofs there came

The wet new wind of May,

And a tune blew up from the curb,

Where the street-pianos play.

My room was white with the sun,

And Love cried out in me,

"I am strong, I will break your heart,

Unless you set me free."

Sara Teasdale

希望（译诗）

要是天公换了卿和我，

该把这糊涂世界一齐都打破，

要再磨再炼再调和，

好依着你我的安排，把世界重新造过

八年二月二十八日译英人 Fitz Gerald 所译波斯诗
人 Omar Khayyam(d-1123A.D.) 的 Rubaiyat（绝句）诗第
一百零八首。

原文

AH! Love, could you and I with Him conspire

To grasp this Sorry Scheme of Things entire,

Would not we shatter it to bits–and then

Remould it nearer to the Heart's Desire?

第二编

43

应该

他也许爱我，——也许还爱我，——

但他总劝我莫再爱他。

他常常怪我；

这天，他眼泪汪汪的望着我，

说道："你如何还想着我？

想着我，你又如何能对他？

你要是当真爱我，

你应该把爱我的心爱他，

你应该把待我的情待他。"

他的话句句都不错：——

上帝帮我！

我"应该"这样做！

八年三月二十日。

一颗星儿

我喜欢你这颗顶大的星儿。

可惜我叫不出你的名字。

平日月明时，月光遮尽了满天星，总

不能遮住你。

今天风雨后，闷沉沉的天气，

我望遍天边，寻不见一点半点光明，

回转头来，

只有你在那杨柳高头依旧亮晶晶地。

八年四月二十五夜。

威权

"威权"坐在山顶上，

指挥一班铁索锁着的奴隶替他开矿。

他说："你们谁敢倔强？

我要把你们怎么样就怎么样！"

奴隶们做了一万年的工，

头颈上的铁索渐渐的磨断了。

他们说："等到铁索断时，

我们要造反了！"

奴隶们同心合力，

一锄一锄的掘到山脚底。

山脚底挖空了，

"威权"倒撞下来，活活的跌死！

八年六月十一夜。是夜陈独秀在北京被捕；半夜后，某报馆电话来，说日本东京有大罢工举动。

小诗

也想不相思，可免相思苦。

几次细思量，情愿相思苦！

　　有一天我在张慰慈的扇子上，写了两句话：“爱情的代价是痛苦，爱情的方法是要忍得住痛苦。”陈独秀引我这两句话，做了一条随感录,(《每周评论》二十五号）加上一句按语道：“我看不但爱情如此，爱国爱公理也都如此。”这条随感录出版后三日，独秀就被军警捉去去，至今还不曾出来。我又引他的话，做了一条随感录,(《每周评论》二十八号。)后来我又想这个意思可以入诗，遂用《生查子》词调，做了这首小诗。

八年六月二十八日。

乐 观

《每周评论》于八月三十日被封禁，国内的报纸狠多替我们抱不平的。我做这首诗谢谢他们。

一

"这柯大树狠可恶，

他碍着我的路！

来！

快把他斫倒了，

把树根也掘去。——

哈哈！好了！"

二

大树被斫做柴烧，

树根不久也烂完了。

斫树的人狠得意，

他觉得狠平安了。

三

但是那树还有许多种子，——

狠小的种子，裹在有刺的壳里，——

上面盖着枯叶，

叶上堆着白雪，

狠小的东西，谁也不注意。

四

雪消了，

枯叶被春风吹跑了。

那有刺的壳都裂开了

每个上面长出两瓣嫩叶

笑迷迷的好像是说：

"我们又来了！"

五

　　过了许多年，

　　坝上田边，都是大树了。

　　辛苦的工人，在树下乘凉；

　　聪明的小鸟，在树上歌唱，——

　　那斫树的人到那里去了？

　　　　　　　　　八年九月二十夜。

上山

"努力！努力！
努力望上跑！"

我头也不回，
汗也不揩，
拚命的爬上山去。
"半山了！努力！
努力望上跑！"

上面已没有路，
我手攀着石上的青藤，
脚尖抵住岩石缝里的小树，
一步一步的爬上山去。

"小心点！努力！

努力望上跑！"

树桩扯破了我的衫袖，

荆棘刺伤了我的双手，

我好容易打开了一线路爬上山去。

上面果然是平坦的路，

有好看的野花，

有遮阴的老树。

但是我可倦了，

衣服都被汗湿遍了，

两条腿都软了。

我在树下睡倒，

闻着那扑鼻的草香，

便昏昏沉沉的睡了觉。

睡醒来时，天已黑了，

路已行不得了，
"努力"的喊声也灭了。……

猛省！猛省！
我且坐到天明，
明天绝早跑上最高峰，
去看那日出的奇景！

八年九月二十八夜。

一颗遭劫的星

北京《国民公报》响应新思潮最早，遭忌也最深。今年十一月被封，主笔孙几伊君被捕。十二月四日判头，孙君定监禁十四个月的罪。我为这事做这诗。

热极了！

更没有点风！

那又轻又细的马缨花须

动也不动一动！

好容易一颗大星出来；

我们知道夜凉将到了：——

仍旧是热，仍旧没有风，

且是我们心里不烦躁了。

忽然一大块黑云；

把那颗清凉光明的星围住

那块云越积越大，

那颗星再也冲不出去！

乌云越积越大，

遮尽了天的明霞；

一阵风来，

拳头大的雨点淋漓打下！

大雨过后，

满天的星都放光了。

那颗大星欢迎着他们，

大家齐说"世界更清凉了！"

八年十二月七日。

第三编

许怡荪

序

七月五日，我与子高过中正街，这是死友许怡荪的住处。旁晚与诸位朋友游秦淮河，船过金陵春，回想去年与怡荪在此吃夜饭，子高，肇南都在座，我们开窗望见秦淮河，那是我第一次见此河；今天第二次见秦淮，怡荪死已一年多了！夜十时我回寓再过中正街，凄然堕泪，人生能得几个好朋友？况陪荪益我最厚，爱我最深，期望我最笃！我到此四日，竟不忍过中正街，今日无意中两次过此，追想去年一月之夜话，那可再得？归寓后作此诗，以写吾哀。

怡荪！
我想象你此时还在此！

你跑出门来接我，

我知道你心里欢喜。

你夸奖我的成功，

我也爱受你的夸奖；

因为我的成功你都有份，

你夸奖我就同我夸奖你一样。

我把一年来的痛苦也告诉了你，

我觉得心里怪轻松了；

因为有你分去了一半

这担子自然就不同了。

我们谈到半夜，

半夜我还舍不得就走。

我记得你临别时的话：

"适之，大处着眼，小处下手！"……

车子忽然转湾，

打断了我的梦想。

怡荪！

你的朋友还同你在时一样！

一笑

十几年前，
一个人对我笑了笑。
我当时不懂得什么，
只觉得他笑的很好。

那个人后来不知怎样了，
只是他那一笑还在：
我不但忘不了他，
还觉得他越久越可爱。
我借他做了许多情诗，
我替他想出种种境地：
有的人读了伤心，
有的人读了欢喜。

欢喜也罢，伤心也罢，

其实只是那一笑。

我也许不会再见着那笑的人，

但我很感谢他笑的真好。

九，八，十二。

我们三个朋友

（九，八，二二，赠任叔永与陈莎菲。）

上

雪全消了，

春将到了，

只是寒威如旧。

冷风怒号，

万松狂啸，

伴着我们三个朋友。

风稍歇了，

人将别了，——

我们三个朋友

寒流秃树，

溪桥人语，——

此会何时重有？

下

别三年了

月半圆了，

照着一湖荷叶；

照着钟山，

照着台城，

照着高楼清绝。

别三年了，

又是一种山川了，——

依旧我们三个朋友。

此景无双，

此日最难忘，——

让我的新诗祝你们长寿！

湖上

九，八，二四，夜游后湖——即玄武湖，——主人王伯秋要我作诗，我竟做不出请来，只好写一时所见，作了这首小诗。

水上一个萤火，

水里个一萤火，

平排着，

——轻轻地，

打我们的船边飞过。

他们俩儿越飞越近，

渐渐地并作了一个。

艺术

报载英国第一"莎翁剧家"福北洛柏臣（Forbes-Robertson）（复姓）现在不登台了。他最后的"告别辞"说他自己做戏的秘诀只是一句话："我做戏要做的我自己充分愉快。"这句话不单可适用于做戏；一切艺术都是如此。病中无事，戏引伸这话，做成一首诗。

我忍着一副眼泪，

扮演了几场苦戏，

一会儿替人伤心，

一会儿替人着急。

我是个多情的人，

这副眼泪如何忍得？

做到了最伤心处，

第
三
编

　　　　我的眼泪热滚滚的直滴。

　　　　台下的人看见了，
　　　　不住的拍手叫好。——
　　　　他们看他们的戏，
　　　　那懂得我的烦恼？

　　　　　　　　　　九，九，二二。

例 外

我把酒和茶都戒了，

　近来戒到淡巴菰；

　本来还想戒新诗，

　只怕我赶诗神不去。

　诗神含笑说：

　"我来决不累先生。

　谢大夫不许你劳神，

　他不能禁你偶然高兴。"

　他又涎着脸劝我：

　"新诗做做何妨？

　做得一首好诗成，

　抵得吃人参半磅！"

第三编

九，十，六，病中。

69

梦与诗

都是平常经验，

都是平常影像，

偶然涌到梦中来，

变幻出多少新奇花样！

都是平常情感，

都是平常言语，

偶然碰着个诗人，

变幻出多少新奇诗句！

醉过才知酒浓，

爱过才知情重：——

你不能做我的诗，

正如我不能做你的梦。

自跋：这是我的"诗的经验主义"（Poetic empiricism）。简单一句话：做梦尚且要经验做底子，何况做诗？现在人的大毛病就在爱做没有经验做底子的诗。北京一位新诗人说"棒子面一根一根的往嘴里送"；上海一位诗学大家说："昨日蚕一眠，今日蚕二眠，明日蚕三眠，蚕眠人不眠！"吃面养蚕何尝不是世间最容易的事？但没有这种经验的人，连吃面养蚕都不配说。——何况做诗？

九，一〇，一〇。

礼!

他死了父亲不肯磕头，
　　你们大骂他。
他不能行你们的礼，
　　你们就要打他。

你们都能呢呢啰啰的哭，
　　他实在忍不住要笑了。
你们都有现成的眼泪，
他可没有，——他只好跑了。
　　你们串的是什么丑戏，
也配抬出"礼"字的大帽子！
　　你们也不想想，
究竟死的是谁的老子？

九，十一，二五。

十一月二十四夜

老槐树的影子，

在月光的地上微晃；

枣树上还有几个干叶，

时时做出一种没气力的声响。

西山的秋色几回招我，

不幸我被我的病拖住了。

现在他们说我快要好了，

那幽艳的秋天早已过去了。

九，十一，二五。

我们的双生日（赠冬秀）

九年十二月十七日，即阴历十月初八日，是我的阳历生日，又是冬秀的阴历生日。

他干涉我病里看书，
常说，"你又不要命了！"
我也恼他干涉我，
常说，"你闹，我更要病了！"

我们常常这样吵嘴，——
每回吵过也就好了。
今天是我们的双生日，
我们订约，今天不许吵了。

我可忍不住要做一首生日诗。

他喊道，"哼，又做什么诗了！"

要不是我抢的快，

这首诗早被他撕注了。

注解：

国音，诗音尸，撕音厶，故可互韵。

醉与爱

沈玄庐说我的诗"醉过才知酒浓，爱过才知情重"的两个"过"字，凭他的经验应该改作"里"字。我戏做这首诗答他。

你醉里何尝知酒力

你只和衣倒下就睡了。

你醒来自己笑道，

"昨晚当真喝醉了！"

爱里也只是爱，——

和酒醉很相像的。

直到你后来追想，

"哦！爱情原来是这么样的！"

十，一，二七。

平民学校校歌

为北京高师平民学校作的。

靠着两只手，

拤得一身血汗，

大家努力做个人，——

不做工的不配吃饭！

做工即是学，

求学即是做工：

大家努力做先锋，

同做有意识的劳动！

十，四，十二。

四烈士冢上的没字碑歌

辛亥革命时，杨禹昌，张先培，黄之萌用炸弹炸袁世凯，不成而死；彭家珍炸良弼，成功而死。后来中华民国成立了，民国政府把他们合葬在三贝子公园里，名为"四烈士冢"。冢旁有座四面的碑台，预备给四烈士每人刻碑的。但只有一面刻着杨烈士的碑，其余三面都无一个字。

十年五月一夜，我在天津，住在青年会里，梦中游四烈士冢，醒时作此歌。

他们是谁？

三个失败的英雄，

一个成功的好汉！

他们的武器：

炸弹！炸弹！

他们的精神：

干！干！干！

他们干了些什么？

一弹使奸雄破胆！

一弹把帝制推翻！

他们的武器

炸弹！炸弹

他们的精神

干！干！干！

他们不能咬文嚼字，

他们不肯痛哭流涕，

他们更不屑长吁短叹！

他们的武器：

炸弹！炸弹！

他们的精神：

干！干！干！

他们用不着纪功碑，

他们用不着墓志铭：

死文字赞不了不死汉

他们的纪功碑：

炸弹！炸弹！

他们的墓志铭：

干！干！干！

死者

为安庆此次被军人刺伤身死的姜高琦作。

他身上受了七处刀伤，
他微微地一笑，
什么都完了！
他那曾经沸过的少年血
再也不会起波澜了！

我们脱下帽子，
恭敬这第一个死的。——
但我们不要忘记：
请愿而死，究竟是可耻的！

第三编

我们后死的人，

尽可以革命而死！

尽可以力战而死！

但我们希望将来

永没有第二人请愿而死！

我们低下头来，

哀悼这第一个死的。——

但我们不要忘记

请愿而死，究竟是可耻的！

十,六,十七。

双十节的鬼歌

十年了，

他们又来纪念了。

他们借我们，

出一张红报，

做几篇文章；

放一天例假，

发表一批勋章：

这就是我们的纪念了！

要脸吗？

这难道是革命的纪念吗？

我们那时候，

威权也不怕，

生命也不顾；

监狱作家乡，

炸弹底下来去：

肯受这种无耻的纪念吗？

别讨厌了！

可以换个法子纪念了。

大家合起来，

赶掉这群狼，

推翻这鸟政府；

起个新革命，

造个好政府：

那才是双十节的纪念了！

十，十，四。

希　望

我从山中来，带得兰花草，
种在小园中，希望开花好。

一日望三回，望到花时过；
急坏看花人，苞也无一个。

眼见秋天到，移花供在家；
明年春风回，祝汝满盆花！

十，十，四

晨星篇

（送叔永，莎菲到南京）

我们去年那夜，
豁蒙楼上同坐；
月在钟山顶上，
照见我们三个。
我们吹了烛光，
放进月光满地；
我们说话不多，
只觉得许多诗意。

我们做了首诗，
——一首没有字的诗，——

先写着黑暗的夜，

后写着晨光来迟；

在那欲去未去的夜色里，

我们写着几颗小晨星，

虽没有多大的光明，

也使那早行的人高兴。

钟山上的月色，

和我们别了一年多了；

他这回照见你们，

定要笑我们这一年匆匆过了。

他念着我们的旧诗，

问道，"你们的晨星呢？

四百个长夜过去了，

你们造的光明呢？"

我的朋友们，

我们要暂时分别了；

"珍重珍重"的话，

我也不再说了。——
在这欲去未去的夜色里，
努力造几颗小晨星；
虽没有多大的光明，
也使那早行的人高兴！

十,十二,八。

附录去国集

自　序

　　胡适既已自誓将致力于其所谓"活文学"者，乃删定其六年以来所为文言之诗词，写而存之，遂成此集。名之曰去国，断自庚戌也。昔者谭嗣同自名其诗文集曰"三十以前旧学第几种"。今余此集，亦可谓之六年以来所作"死文学"之一种耳。

　　集中诗词，一以年月编纂，欲梢存文字进退及思想变迁之迹焉尔。

　　　　　　　　　　　　　　　民国五年七月

耶稣诞节歌

冬青树上明纤炬，冬青树下欢儿女，高歌颂神歌且舞。朝来阿母含笑语："儿辈驯好神佑汝。灶前悬袜青丝缕。灶突神下今夜午，朱衣高冠须眉古。神之来下不可睹，早睡慎毋干神怒。"明朝袜中实饧牧，有蜡作鼠纸作虎，夜来一一神所予。明日举家作大酺，杀鸡大于一岁彘。堆盘肴果难悉数。食终腹鼓不可俯。欢乐勿忘神之祜，上帝之子天下主。

二年十二月二十六日。

大雪放歌

　　任叔永作岁莫杂咏诗，余谓叔永"君每成四诗，当以一诗奉和。"后叔永果以四诗来，皆大佳。其状每日景物，甚尽而工，非下走所可企及。徒以有宿约不可追悔，因作此歌，呈叔永。

往岁初冬雪载涂，今年圣诞始大雪。

天工有意弄奇诡，积久迸发势益烈。

夜深飞屑始叩窗，侵晨积絮可及膝。

出门四顾喜欲舞，琼瑶十里供大阅。

小市疏林迷远近，山与天接不可别。

眼前诸松耐寒岁，虬枝雪压垂欲折。

窥人松鼠寒可怜，觅食冻雀迹亦绝。

毳衣老农朝入市，令令瘦马驾长橇。

道逢相识遥告语，"明年麦子未应劣。"

路旁欢呼小儿女，冰桨铁履手提挈。

昨夜零下二十度，湖面冻合坚可滑。

客子踏雪来复去，朔风啮肤手皲裂。

归来烹茶还赋诗，短歌大笑忘日昳。

开窗相看两不厌，清寒已足消内热。

百忧一时且弃置，吾辈不可负此日。

二年十二月。

久雪后大风寒甚作歌

梦中石屋壁欲摇，梦回窗外风怒号，澎湃若拥万顷涛。

侵晨出门冻欲僵，冰风挟雪卷地狂，啮肌削面不可当。

与风寸步相撑支，呼吸梗绝气力微，漫漫雪雾行径迷。

玄冰遮道厚寸许，每虞失足伤折股，旋看落帽凌空舞。

落帽狼狈祸犹可。未能捷足何嫌踱。抱头勿令两耳堕。

入门得暖寒气苏。隔窗看雪如画图，背炉安坐还读书。

明朝日出寒云开，风雪于我何有哉！待看雪尽春归来！

三年正月。

哀希腊歌

The Isles of Greece

序

英国诗人裴伦所著。裴伦 George Gordon Byron 生于西历一七八八年，死于一八二四年。死时才三十六岁，而著作等身，诗名盖世，亦近代文学史上一怪杰也，其平生行事详诸家专传，不复述。

此歌凡十六章，见裴伦所著长剧《唐浑》Don Juan 中。托为希腊诗人吊古伤今之辞，以激励希人爱国之心。其词至慷慨哀怨。《唐浑》一剧，读者今已甚寡。独此诗传诵天下。当希腊独立之师之兴也，裴伦耻其仅以文字鼓舞希人，遵毁家助饷。渡海投独立军自效。未及与战而死。巴尔干半岛之人，至今追思之不衰。今希腊已久脱突厥之羁绊。近年以来，尤能自振拔，为近东大国。

虽其文明武功或犹为逮当日斯巴达、雅典之盛，然裴伦梦想中独立自主之希腊，则已久成事实。惜当年慷慨从军之诗人，不及生见之耳。

此诗之入汉文，始于梁任公之《新中国未来记》小说。唯任公仅译一三两章。其后马君武译其全文，刊于《新文学》中。后苏曼殊复以五言古诗译之。民国二年，吾友张耘来美洲留学，携有马、苏两家译本。余因得尽读之。颇嫌君武失之讹，而曼殊失之晦。讹则失真，晦则不达，均非善译者也。当时余许张君为重译此诗。欠而未能践诺。三年二月一夜，以四小时之力，译之。既成复改削数月，始成此本。更为之注释，以便读者。盖诗中屡用史事，非注，不易领会也。

裴伦在英国文学上，仅可称第二流人物。然其在异国之诗名，有时竟在萧士比，弥儿敦之上。此不独文以人传也。盖裴伦为诗，富于情性气魄，而铸词炼句，颇失之粗豪。其在原文，疵瑕易见。而一经翻译，则其词句小疵，往往为其深情奇气所掩，读者仅见其所长，而不觉其所短矣。裴伦诗名之及于世界，此亦其一因也。

五年五月十一夜。

哀希腊歌

一

嗟汝希腊之群岛兮，

实文教武术之所肇始。

诗媛沙浮尝咏敢于斯兮

亦羲和、素娥之故里。

今惟长夏之骄阳兮，

纷灿烂其如初。

我徘徊以忧伤兮，

哀旧烈之无余！

二

悠悠兮，我何所思？

荷马兮阿难。

慷慨兮歌英雄，

缠绵兮叙幽欢。

享盛名于万代兮，

独岑寂于斯土；

大声起乎仙岛之西兮

何此邦之无语。

三

马拉顿后兮山高，

马拉顿前兮海号。

哀时词客独来游兮，

犹梦希腊终自主也；

指波斯京观以为正兮，

吾安能奴僇以终古也！

四

彼高崖何巉岩兮，

俯视沙拉米之滨；

有名王尝踞坐其巅兮

临大海而点兵，

千樯兮照海，

列舰兮百里。

朝点兵兮，何纷纷兮，

日之人兮，无复存兮！

五

往烈兮难追；

故国兮，汝魂何之？

侠子之歌，久销歇兮，

英雄之血，难再热兮，

古诗人兮，高且洁兮；

琴荒瑟老，臣精竭兮。

六

虽举族今奴虏兮，

岂无遗风之犹在，

吾慷慨以悲歌兮，

耿忧国之磈磊。

吾惟余赪颜为希人羞兮

吾惟有泪为希腊洒。

七

徒愧赧曾何益兮，

嗟雪涕之计拙；

独不念我先人兮，

为自由而流血？

吾欲诉天阍兮，

还我斯巴达之三百英魂兮！

尚令百一存兮，

以再造我瘦马披离之关兮！

八

沉沉希腊，犹无声兮；

惟闻鬼语，作潮鸣兮。

鬼曰："但令生者一人起兮

吾曹虽死，终阴相尔兮！"

呜咽兮鬼歌，

生者之瘝兮奈鬼何？

九

吾哓哓兮终徒然！

已矣兮何言！

且为君兮弹别曲，

注美酒兮盈尊！

姑坐视突厥之跋扈兮，

听其宰割吾胞与兮，

君不闻门外之箫鼓兮，

且赴此贝凯之舞兮！

十

汝犹能霹雳之舞兮，

霹雳之阵今何许兮，

舞之靡靡犹不可忘兮，

奈何独忘阵之堂堂兮？

独不念先人怯摩之书兮，

宁以遗汝庸奴兮？

十一

怀古兮徒顽冤，

注美酒兮盈尊

一醉兮百忧泯！

阿难醉兮歌有神。

阿难盖代诗人兮，

信尝事暴君兮；

虽暴君兮，

犹吾同种之人兮。

十二

吾所思兮，

米尔低兮，

武且休兮，

保我自由兮。

吾抚昔而涕淋浪兮，

遗风谁其嗣昌？

诚能再造我家邦兮

虽暴主其何伤？

十三

注美酒兮盈杯，

悠悠兮吾怀！

汤汤兮白阶之岸，

崔巍兮修里之崖，

吾陀离之民族兮，

实肇生于其间；

或犹有自由之种兮

历百劫而未残。

十四

法兰之人，乌可托兮，

其王贪狡，不可度兮。

所可托兮，希腊之刀；

所可任兮，希腊之豪。

突厥慓兮，

拉丁狡兮，

虽吾盾之坚兮，

吾何以自全兮？

十五

注美酒兮盈杯！

美人舞兮低徊！

眼波兮盈盈，

一顾兮倾城；

对彼笑兮，

泪下不能已兮；

子兮子兮，

胡为生儿为奴婢兮！

十六

置我乎须宁之岩兮，

狎波涛而为伍；

且行吟以悲啸兮，

惟潮声与对语；

如鸿鹄之逍遥兮，

将于是焉老死：

奴隶之国非吾土兮，——

碎此杯以自矢！

I

The Isles of Greece

The Isles of Greece, the Isles of Greece !

Where burning Sappho loved and sung,

Where grew the arts of War and Peace,

Where Delos rose, and Phoebus sprung !

Eternal summer gilds them yet,

But all, except their Sun, is set.

Sappho 沙浮①，古代女诗人。生西历前六百年。

phoebus ②日神也。delos 地名。相传日神月神皆生

于此。此与日神并举，当指月神也。

II

The Scian and Teian muse,

The Hero's harp, the Lover's lute,

Have found the fame your shores refuse:

Their place of birth alone is mute

To sounds which echo further west

Than your sires' "Islands of the Blest."

荷马 homer 生于 scios 故曰 scian。阿难③ anacreon 生
于 teos 故曰 teian。

荷马之诗歌英雄，阿难④之诗叙儿女，实开二大诗派
云。

Islands of the Blest，神话，西海尽头，有仙岛，神仙居
之。此盖用以指西欧诸自由国，或专指英伦耳。

III

The mountains look on Marathon ———

And Marathon looks on the sea;

And musing there an hour alone,

I dreamed that Greece might still be free;

For standing on the Persians' grave,

I could not deem myself a slave.

西历前四百九十年，波斯人西侵，雅典人大败之于马拉顿。

IV

A King sate on the rocky brow

Which looks o'er sea-born Salamis;

And ships, by thousands, lay below,

And men in nations; ─── all were his!

He counted them at break of day ───

And, when the Sun set, where were they?

马拉顿之败，波人耻之。后十年——四八〇年——新王 xerxes⑤大举征希腊，大舰千二百艘，小舟三千艘，军威之盛，为古史所未有。雅典人御之，战于沙拉米，波师大败，失巨舰无算，余舰皆遁。明年，复为斯巴达援师所败。

V

And where are they? And where art thou,

My country? On thy voiceless shore

The heroic lay is tuneless now —

The heroic bosom beats no more !

And must thy Lyre, so long divine,

Degenerate into hands like mine?

VI

'Tis something, in the dearth of Fame,

Though linked among a fettered race,

To feel at least a patriot's shame,

Even as I sing, suffuse my face;

For what is left the poet here?

For Greeks a blush ——— for Greece a tear.

VII

Must we but weep o'er days more blest?

Must we but blush? ——— Our fathers bled.

Earth ! render back from out thy breast

A remnant of our Spartan dead !

Of the three hundred grant but three,

To make a new Thermopylae!

Thermopylae, 瘦马披离⑥, 关名。西历前四百八十年希腊列国协商以此为列国枢纽。及波斯军来侵, 斯巴达勇士三百人守此。关破, 三百人皆死之。

VIII

What, silent still? and silent all?

Ah ! no; ——— the voices of the dead

Sound like a distant torrent's fall,

And answer, "Let one living head,

But one arise, ——— we come, we come ! "

'Tis but the living who are dumb.

IX

In vain —— in vain: strike other chords;

Fill high the cup with Samian wine !

Leave battles to the Turkish hordes,

And shed the blood of Scio's vine.

Hark ! rising to the ignoble call ———

How answers each bold Bacchanal !

原文第三四句疑指突厥人屠杀窣河城事。此城即诗人荷马生长之地也。

贝凯之舞者，希人宗教仪节之一种，巫觋舞祷，男女聚乐，以娱神焉。

X

You have the Pyrrhic dance as yet,

Where is the Pyrrhic phalanx gone?

Of two such lessons, why forget

The noblier and manlier one?

You have the letters Cadmus gave ———

Think ye he meant them for a slave?

霹雳[⑦] pyrrhus 为 epirus 之王，尝屡立战功，此舞即其所作战阵之乐。

Cadmus，佉摩者[⑨]，神话相传为腓尼西[⑩]之王，游希腊之梯伯部，与龙斗，屠龙而拔其齿，种之皆成勇士，遂为其地之始祖。佉摩自腓尼西输入字母，遂造希腊文。

XI

Fill high the bowl with Samian wine !

We will not think of themes like these !

It made Anacreon's song divine:

He served ——— but served Polycrates ———

A Tyrant; but our masters then

Were still, at least, our countrymen.

阿难⑪见任于希王 polycratae，古之暴主也。

XII

The Tyrant of the Chersonese

Was freedom's best and bravest friend;

That tyrant was Miltiades !

Oh ! that the present hour would lend

Another despot of the kind !

Such chains as his were sure to bind.

马拉顿之役，米之功最大。此章怀古而叹今之无

人也。

按此章及上章皆愤极之词。其时民族主义方大炽，故诗人于种族一方面尤再三言之。民权之说，几为所掩。读者不可骤谓裴伦初不言民权也。

XIII

Fill high the bowl with Samian wine !

On Suli's rock, and Parga's shore,

Exists the remnant of a line

Such as the Doric mothers bore;

And there, perhaps, such seed is sown,

The Heracleidan blood might own.

希人分两大族，一为伊俄宁族[12]，(ionians)，一为陀离族[13]（dorisns）。陀离族稍后起，起于北方，故有白阶修里云云。修里山在西北部，希人独立之役，修里之人最有功云。

XIV

Trust not for freedom to the Franks ———

They have a king who buys and sells;

In native swords and native ranks,

The only hope of courage dwells;

But Turkish force, and Latin fraud,

Would break your shield, however broad.

希腊之谋独立也，始于十九世纪初叶。其时"神圣同盟"之约墨犹未干，欧洲君主相顾色变，以为民权之焰复张矣，故深忌之，或且阴沮尼之，法尤其焉。此诗所以戒希腊人士也。

XV

Fill high the bowl with Samian wine !

Our virgins dance beneath the shade ———

I see their glorious black eyes shine;

But gazing on each glowing maid,

My own the burning tear—drop laves,

To think such breasts must suckle slaves.

XVI

Place me on Sunium＇s marbled steep,

Where nothing, save the waves and I,

May hear our mutual murmurs sweep;

There, swan—like, let me sing and die;

A land of slaves shall ne'er be mine ———

Dash down yon cup of Samian wine !

注释：

———————————————————————————————

① Sappho, 希腊女诗人，现通译为萨福。

② 福玻斯（Phoebus），即太阳神阿波罗（Apollo）。

③ Anacreon, 现通译为阿那克里翁。

④ 同③注释。

⑤ 波斯国王薛西斯（Xerxes）。

⑥ 即温泉关，现音译是塞莫皮莱。

⑦ Pyrrhus, 现通译为皮洛士。

⑧ 伊庇鲁斯（Epirus），伊庇鲁斯同盟国，临爱奥尼亚海东海岸，
在今阿尔巴尼亚南部和希腊西北部。

⑨ Cadmus, 现通译为卡德摩斯。

⑩ 腓尼西即腓尼基（Phoenicia），希腊人对迦南人的称呼。

⑪ 同③注释。

⑫ Ionians, 现通译为爱奥尼亚人。

⑬ Dorians, 现通译为多利安人。

自杀篇

任叔永有弟季彭，居杭州。壬癸之际，国事糜烂，季彭忧愤不已，遂发狂，一夜，潜出，投葛洪井死。叔永时在美洲，追思逝者，乃掇季彭生时所寄书，成一集，而系以诗。有"何堪更发旧书读，肠断脊令风雨声"之句。季彭最后寄诸兄诗，有"原上脊令风雨声"之语，故叔永诗及之。叔永索余题辞集上，遂成此篇，凡长短五章。三年七月七日。

叔永至性人，能作至性语。

脊令风雨声，使我心愁苦。

我不识贤季，焉能和君诗？

颇有伤心语，试为君陈之。

叔世多哀音，危国少生望。

此为恒人言，非吾辈所尚。

奈何贤哲人，平昔志高抗，

一朝受挫折，神气遽沮丧？

下士自放弃，朱楼酵春酿。

上士羞独醒，一死谢诸妄。

三闾逮贤季，苦志都可谅。

其愚亦莫及，感此意惨怆。

我闻古人言，"艰难惟一死。"

我独不谓然，此欺人语耳。

盘根与错节，所以见奇士。

处世如临阵，无勇非孝子。

虽三北何伤？一战待雪耻。

杀身岂不易？所志不止此。

生材必有用，何忍付虫蚁？

枯杨会生稊，河清或可俟。

但令一息存，此志未容已。

《春秋》诛贤者，我以此作歌。

茹鲠久欲吐，未敢避谴诃。

老树行

道旁老树吾所思，
躯干十抱龙髯枝，
蔼然俯视长林卑。

冬风挟雪卷地起，
撼树兀兀不可止。
行人疾走敢仰视？

春回百禽还来归，
枝头好鸟天籁奇，
谓卿高唱我和之。

狂风好鸟年年事：——

既鸟语所不能媚，

亦不因风易高致。

跋《老树行》：这首诗是民国四年四月二十六日作
的。那时正当中日交涉的时期，我的"非攻主义"狠受
大家的攻击，故我作了这首诗，略带解嘲之意。这首诗
后来又惹起了许多朋友的嘲笑。杏佛和叔永《春日》诗
灰字韵一联云，"既柳眼所不能媚，岂大作能燃死灰？"
叔永有《芙蓉》诗，"既非看花人能媚，亦不因无人不开。"
他们都戏学"胡适之体"，用作笑柄。其买这首诗在《去
国集》里，要算一首好诗，不知我当初何以把他忘了。
现在我把他补进去，并且恭恭敬敬的对他赔一个不是。

九，十，十五。

满庭芳

　　枫翼^①敲帘，榆钱铺地，柳棉飞上春衣。落花时节，随地乱莺啼。枝上红襟^②软语，商量定，掠地双飞。何须待，销魂杜宇，劝我不如归？

　　归期今倦数。十年作客，已惯天涯。况壑深多瀑，湖丽如斯。多谢殷勤我友，能容我傲骨狂思。频相见，微风晚日，指点过湖堤。

　　　　　　　　　　　　　　　四年六月十二日。

注解：

①枫翼者，枫树子皆有薄翅包之，其形似蜻蜓之翅。凡此娄之种
　子，如榆之钱，枫之翼，皆以便时风远飏也。
②红襟者，鸟名。英文 Robin，俗名 Redbreast。

临江仙

隔树溪声细碎。

迎人鸟唱纷哗。

共穿幽径趁溪斜。

我和君拾葚，

君替我簪花。

更向水滨同坐，

骄阳有树相遮。

语深浑不管昏鸦。

此时君与我，

何处更容他？

四年八月二十四日。

将去绮色佳，叔永以诗赠别。
作此奉和。即以留别。

横滨港外舟待发，徜徉我方坐斗室，
柠檬杯空菸卷残，忽然人面过眼瞥。
疑是同学巴县任，细看果然慰饥渴。
扣舷短语难久留，惟有相思耿胸臆。
明年义师起中原，遂为神州扫胡羯。
遥闻同学诸少年，乘时建树皆宏选。
中有我友巴县任，翩翩书记大手笔。
策勋不乐作议员，愿得西乞医国术。
远来就我欢可知。三年卒卒重当别。

几人八年再同学？况我与君过从密，
往往论文忘晨昳，时复议政同哽咽。
相知益深别更难，赠我新诗语真切。

君期我作玛志尼[1]，我祝君为倭斯鏻[2]。

国事今成遗体疮，治头治脚俱所急。

勉之勉之我友任！归来与君同僇力。

四年八月二十九夜。

注解：

①玛志尼 Mazzini，意大利文学家，世所称"意大利建国三杰"
之一也。

②倭斯鏻 Wilheim Ostwald，德国科学大家，今犹生存。

沁园春

将之纽约，杨杏佛以词送行，有"三稔不相见，一笑遇他乡。暗惊狂奴非故，收束入名场"之句。实则杏佛当日亦狂奴耳。其词又有"欲共斯民温饱"之语。余既喜吾与杏佛今皆能放弃故我，重修学立身，又壮其志愿之宏，故造此词奉答，即以留别。

朔国秋风，汝远东来，过存老胡。正相看一笑，使君与我，春申江上，两个狂奴。客里相逢，殷勤问字，不似当年旧酒徒。还相问："岂胸中块垒，今尽消乎？"

君言："是何言欤！只壮志新来与昔殊。愿乘风役电，戡天缩地，颇思瓦特[①]，不羡公输。户有余糈，人无菜色，此业何尝属腐儒？吾狂甚，欲斯民温饱，此意何如？"

四年九月二日。

注解：

瓦特 James Watt，即发明汽机者。

送梅觐庄往哈佛大学

一

吾闻子墨子有言："为义譬若筑墙然。

能实壤者且实壤，能筑者筑掀者掀①。"

吾曹谋国亦复尔，待举之事何纷纷。

所赖人各尽所职，未可责备于一人。

同学少年识时务，学以致用为本根。

争言"治病须对症，今之大患弱与贫。

　但祝天生几牛敦，还乞千百客儿文，

　辅以无数爱迭孙，便教国库富且殷，

　更无谁某妇无裈。乃练熊罴百万军。

　谁其帅之拿破仑。恢我土宇固我藩，

　　　　百年奇辱一朝翻。"

二

凡此群策岂不伟，有人所志不在此。

即如吾友宣城梅，自言"但愿作文士。

举世何妨学倍根，我独远幕萧士比。"

梅君少年好文史，近更摭拾及欧美。

新来为文颇谐诡，能令公怒令公喜。

昨作檄讨夫已氏，倪令见之魄应褫。

又能虚心不自是，一稿十易犹未已。

梅君梅君毋自鄙。神州文学久枯馁，

百年未有健者起。新潮之来不可止，

文学革命其时矣。吾辈势不容坐视，

且复号召二三子，鞭笞驱除一车鬼，

再拜迎入新世纪。以此报国未云菲，

缩地戡天差可佩。梅君梅君毋自鄙。

三

作歌今送梅君行，狂言人道臣当烹。

我自不吐定不快，人言未足为重轻。

居东何时游康可，为我一弗爱谋生，

更弗霍桑与索虏：此三子者皆峥嵘。

应有"烟士披里纯"，为君奚囊增琼英。[2]

四年九月十七日。

注解：

① 《耕柱篇》语。"掀"本作"欣"，依毕沅说改。

② 此诗凡用外国字十一：牛敦 Newton. 英国科学家。客儿文
Kelvin，英国近代科学大家。爱迭孙 Edison，美国发明家。拿
破仑 Napoleon。倍根 Bacon，英国哲学家，主戡天之说，又创
归纳名学，为科学先导。萧士比 Shakespeare，英国文学钜子。
旧译莎士比亚。康可 Concord，地名，去哈佛不远，十九世纪
中叶此邦文人所聚也。爱谋生 Emerson，霍桑 Hawthorne，索
虏 Thoreau，以上三人，美国文人，亦哲学家，墓皆在康可。"烟
士披里纯" Inspiration 直译有"神来"之意。梁任公以音译之，
又为文论之，见《饮冰室自由书》。

相　思

自我与子别，于今十日耳。

奈何十日间，两夜梦及子？

前夜梦书来，谓无再见时。

老母日就衰，来可远别离。

昨梦君归来，欢喜临江坐。

语我故乡事，故人颇思我。

吾乃无情人，未知爱何似。

古人说"相思"，无乃颇类此？

秋　声

序

老子曰："吾有三宝，持而宝之：一曰慈，二曰俭，三曰不敢为天下先。"此三宝者，吾于秋日疏林中尽见之。落叶，慈也。损小己以全宗干，可谓慈矣。松柏需水供至微，故能生水土浇薄之所，秋冬水绝，亦不虞匮乏。人但知其后凋，而莫知后凋之由于能俭也。松柏不与众木争肥壤，而其处天行独最适。刚亦所谓"夫唯不争故天下莫能与之争"者也。遂赋之。

出门天地阔，悠然喜秋至。
疏林发清响，众叶作雨坠。
山蹊少人迹，积叶不见地。
枫榆但余枝，槎枒具高致。

大橡百年老，败叶剩三四。

诸松傲秋霜，未始有衰态。

举世随风靡，何汝独苍翠？

虬枝忽自语，语语生妙籁：

"天寒地脉枯，万木绝饮饲。

布根及一亩，所得大微细。

本干保已难，枝叶在当弃。

脱叶以存本，伤哉此高谊。

吾侪松与柏，颇以俭自励。

取诸天者廉，天亦不吾废。

故能老岩石，亦颇耐寒岁，

全躯复全叶，不为秋憔悴。"

我闻诸松言，低头起幽思，

举头谢诸松："与尔勉斯志！"

　　　　　五年一月续成去年旧稿。

秋　柳

但见萧飕万木摧，尚余垂柳拂人来。

西风莫笑柔条弱，也向西风舞一回。

此七年前（己酉）旧作也。原序曰：秋日适野，见万木皆有衰意，而柳以弱质，际兹高秋，独能迎风而舞，意志自如。岂老氏所谓能以弱存者耶。感而赋乏。年来颇历世故，亦稍稍读书，益知老氏柔弱胜刚强之说，证以天行人事，实具妙理。近人争言"优胜劣败，适者生存。"彼所谓适，所谓优，未必即在强暴武力。盖物类处境不齐，但有适不适，不在强不强也。两年以来，兵祸之烈，亘古未有。试问以如许武力，其所成就，究竟何在？又如比利时以弹丸之地，拒无敌之德意志，岂徒无济于事，又大苦彼无罪之民。虽螳臂当车，浅人或慕其能怒，而弱卵击石，仁者必谓为至愚矣。此岂独大违老子齿亡舌存之喻，抑亦孔子所谓"小不忍则乱大谋"者欤。以是之故，两年以来余往往念及此诗，有时亦为人诵之。以为庚戌以前所作诗词，一一都宜删弃，独此二十八字，或不无可存之价值。遂为改易数字，附写于此，虽谓为去国后所作，可也。

五年七月。

沁园春·誓诗

更不伤春，更不悲秋，以此誓诗。任花开也好，花飞也好，月圆固好，日落何悲？我闻之曰，"从天而颂，孰与制天而用之？"更安用为苍天歌哭，作彼奴为！

文章革命何疑！且准备搴旗作健儿。要前空千古，下开百世，收他臭腐，还我神奇。为大中华，造新文学，此业吾曹欲让谁？诗材料，有簇新世界，供我驱驰。

五年四月十二日。